STAR WARS™

INFINITY'S END
DAS DUNKLE PORTAL

AUTOR:
PAT MILLS

ZEICHNUNGEN:
RAMON F. BACHS

TUSCHE:
RAUL FERNANDEZ

FARBEN:
DAVE MC CAIG

REDAKTEUR:
MATHIAS ULINSKI

CHEFREDAKTEUR:
JO LÖFFLER

ÜBERSETZUNG:
MICHAEL NAGULA

GRAFIK & LETTERING:
AMIGO GRAFIK

Liebe Comic-Freunde ...

... des edlen Star Wars Stoffes in hochwertiger Sonderband-Verpackung, wir heißen euch willkommen zu einem außergewöhnlichen Abenteuer eines der beliebtesten und faszinierendsten aller Jedi: Quinlan Vos. Der Jedi-Rat auf Coruscant schwebt in Lebensgefahr – und schickt Vos auf seine bisher gefährlichste Mission; denn die schwarze Magie seiner Gegnerinnen ist ebenso gefürchtet wie ihre legendäre Brutalität. Und die so genannten Hexen von Dathomir verfügen über ein tödliches Machtinstrument, eine höchst mysteriöse Waffe: das dunkle Portal.

Doch ist der tapfere Jedi tatsächlich der Richtige für diesen heiklen Auftrag? Oder führt ihn sein Weg bereits selbst in die Nähe der dunklen Seite?

Ihr erfahrt es jetzt ...

IM ANFLUG AUF DEN PLANETEN OVA.
...ICH SAGE DIR, LIEBER WÜRDE ICH MIT SCHNEEDÄMONEN KÄMPFEN...
...ALS NOCH EINMAL MIT DEM AUF EINE MISSION ZU GEHEN.
JA... SCHON SIEBEN TAGE FLUG MIT HALBER GESCHWINDIGKEIT, WEIL „CAPTAIN VORSICHT" TREIBSTOFF SPAREN WILL!
WAS GLAUBST DU WOHL, WARUM DER RAT IHM ROUTINEMÄSSIG DIESE FRACHTJOBS GIBT?
SIE WISSEN, DASS ER KEINE ENTSCHEIDUNGEN TREFFEN KANN, ALSO HABEN SIE IHN DAHIN VERFRACHTET, WO ER KEINER ECHTEN GEFAHR AUSGESETZT IST. MIT PLÜNDERERN WÜRDE ER DOCH NIE FERTIG WERDEN.
ÄH, NUMMER ZWEI -- BEI IHREM LETZTEN BERICHT GAB ES EIN ERNSTES PROBLEM.
JA, SIR?
AM INHALT WAR NICHTS AUSZUSETZEN, ABER SIE HABEN DEN FALSCHEN SCHRIFTTYP VERWENDET...
UND IN ZUKUNFT ERWARTE ICH DREI KOPIEN VON --
VERZEIHUNG, CAPTAIN, ABER MIT OVA STIMMT ETWAS NICHT!

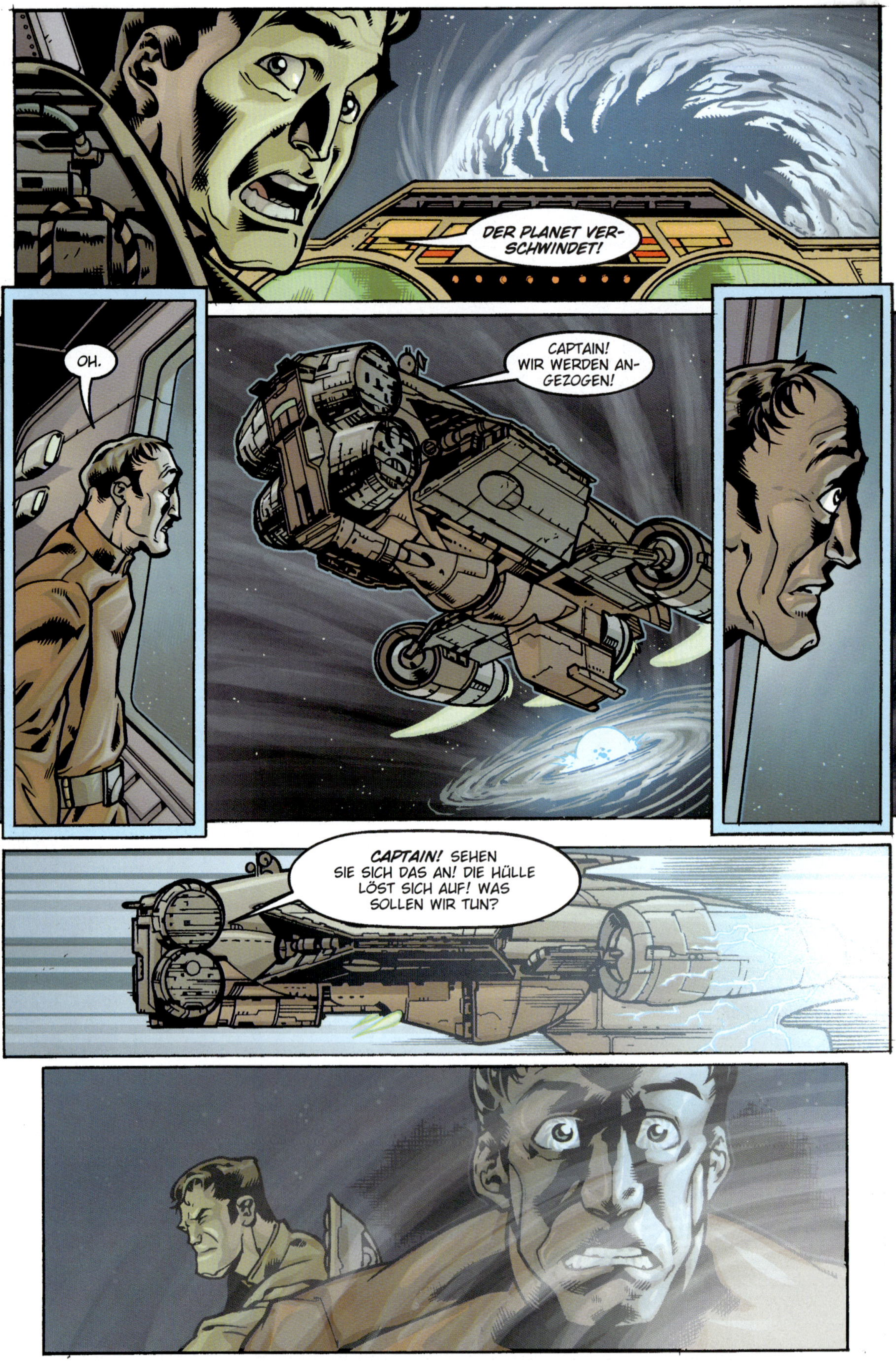
DER PLANET VER-
SCHWINDET!
OH.
CAPTAIN!
WIR WERDEN AN-
GEZOGEN!
CAPTAIN! SEHEN
SIE SICH DAS AN! DIE HÜLLE
LÖST SICH AUF! WAS
SOLLEN WIR TUN?

CAPTAIN! WIE LAUTEN IHRE BEFEHLE?!
SENDEN SIE EINEN NOTRUF AN DEN JEDI-RAT! HÖCHSTE PRIORITÄT! KEHREN SIE DEN SCHUB UM! VOLLE ENERGIE! AKTIVIEREN SIE DIE RETTUNGSKAPSELN!
CAPTAIN -- UNSERE TRIEBWERKE SIND GERADE VERSCHWUNDEN!
CAPTAIN -- BEVOR WIR STERBEN... WILL ICH NOCH, DASS SIE EINES WISSEN...
...ICH KONNTE SIE NOCH NIE LEIDEN.

DATHOMIR, DREI MONATE SPÄTER.
DER PLANET DER HEXEN... EINE WELT, DIE SICH DER DUNKLEN SEITE VERSCHRIEBEN HAT...
ICH SPÜRE IHRE FINSTERNIS, DIE IHRE ARME AUSBREITET WIE EIN ALTER FREUND.
ES IST, ALS KEHRTE ICH NACH HAUSE ZURÜCK.
DIE HEXEN SIND ABTRÜNNIGE -- SIE HABEN HIER VOR UNZÄHLIGEN GENERATIONEN SCHIFFBRUCH ERLITTEN... SIE HALTEN MÄNNER ALS SKLAVEN.
DAS KÖNNTE FÜR MICH ZUM PROBLEM WERDEN.
DAMIT SIE NICHT MISSTRAUISCH WERDEN, HABE ICH EINE LÜGE PARAT -- ICH REISE ZIELLOS UMHER UND HABE DIESEN SCHROTTHAUFEN AUF TATOOINE GEKAUFT.
JETZT IST MIR DER TREIBSTOFF AUSGEGANGEN, UND ICH MUSS AUSSERPLANMÄSSIG LANDEN.
DAS DÜRFTE DIE HEXEN ANLOCKEN WIE DAS LICHT DIE MOTTEN.

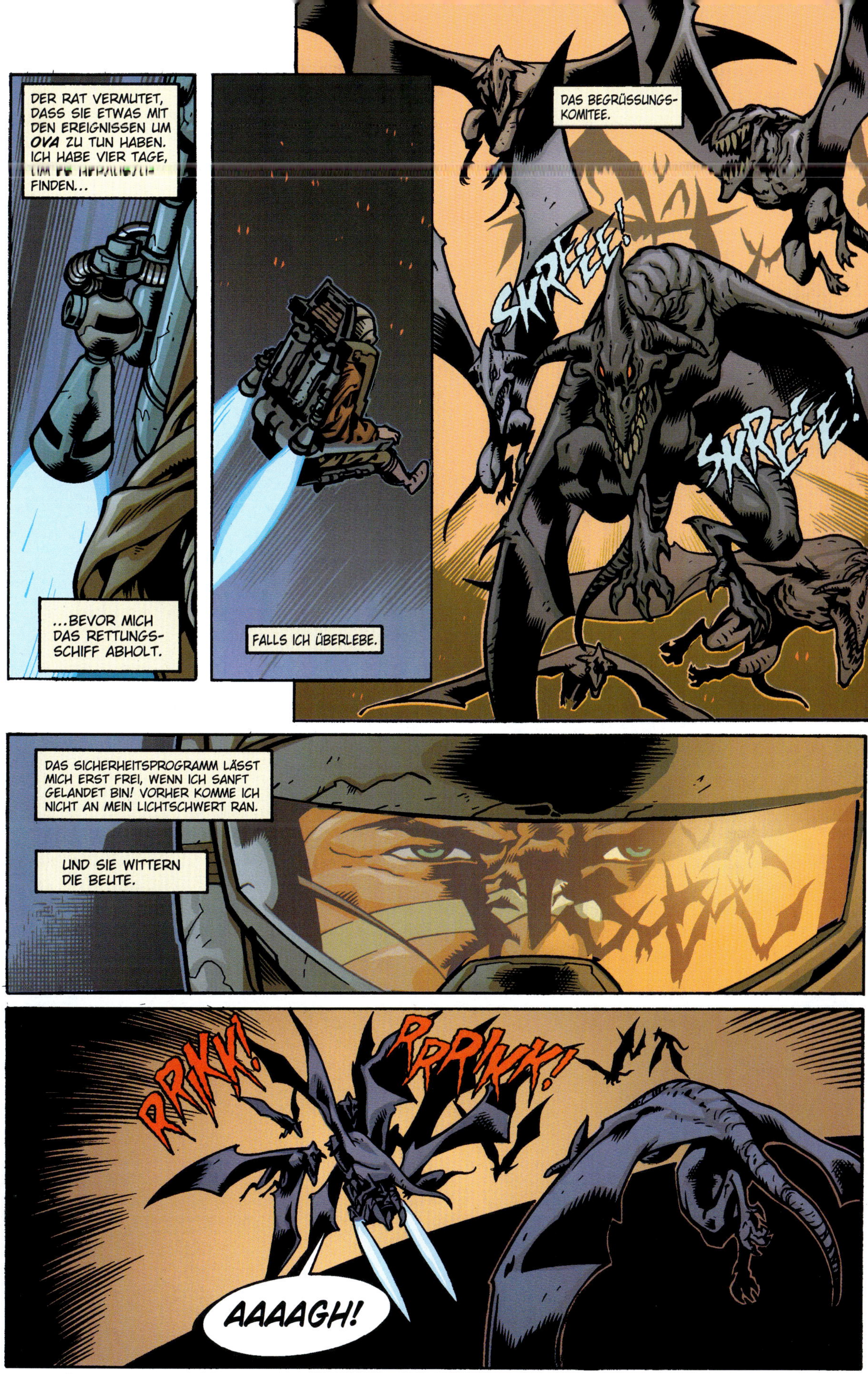

DER RAT VERMUTET, DASS SIE ETWAS MIT DEN EREIGNISSEN UM *OVA* ZU TUN HABEN. ICH HABE VIER TAGE,
FINDEN...
...BEVOR MICH DAS RETTUNGS-SCHIFF ABHOLT.
FALLS ICH ÜBERLEBE.
DAS BEGRÜSSUNGS-KOMITEE.
SKREEE!
SKREEE!
DAS SICHERHEITSPROGRAMM LÄSST MICH ERST FREI, WENN ICH SANFT GELANDET BIN! VORHER KOMME ICH NICHT AN MEIN LICHTSCHWERT RAN.
UND SIE WITTERN DIE BEUTE.
RRKK!
RRRINK!
AAAAGH!

KLEK!
KLEK!
KLEK!
RRIKK!
RRIKK!
GUT. SIE HABEN SICH DURCH MEINE GURTE GEBISSEN. JETZT BIN ICH DAS DING LOS.
DER RAT HAT MIR BEFOHLEN, MEIN LICHTSCHWERT NUR IN NOTFÄLLEN ZU BENUTZEN.
ERWARTEN SIE, DASS ICH DIESEN BESTIEN MIT BLOSSEN HÄNDEN DIE SCHWINGEN AUSREISSE?

KANN NICHTS ERKENNEN. ABER DIE DUNKELHEIT SAGT MIR, WO HIER BÄUME STEHEN.
DIE DUNKELHEIT UND MEIN GESPÜR.
DIE GERINGE SCHWERKRAFT HAT MEINEN STURZ ABGEFEDERT.
SIE KOMMEN.
GUTEN ABEND, DIE DAMEN.
ER WÄRE EIN GUTER ERSATZ FÜR DEN, DEN WIR AN DIE ARTERIENWÜRMER VERFÜTTERT HABEN.
WIR KÖNNTEN IHN AUCH FÜR DIE ZUCHT VERWENDEN.
NEIN. DER TAUGT NUR ALS SKLAVE. WIR SOLLTEN IHN IN DEN TEMPELRUINEN EINSETZEN. SECHS MONATE HÄLT ER DURCH...
GENAU WIE ICH'S MIR DACHTE. SO WEIT, SO SCHLECHT.

* ***ENTFÜHRUNG NACH DATHOMIR*** VON DAVE WOLVERTON UND ***DER GEIST DES DUNKLEN LORDS*** VON KEVIN J. ANDERSON, HEYNE-TASCHENBÜCHER 9374/9375. -- *DIE RED.*

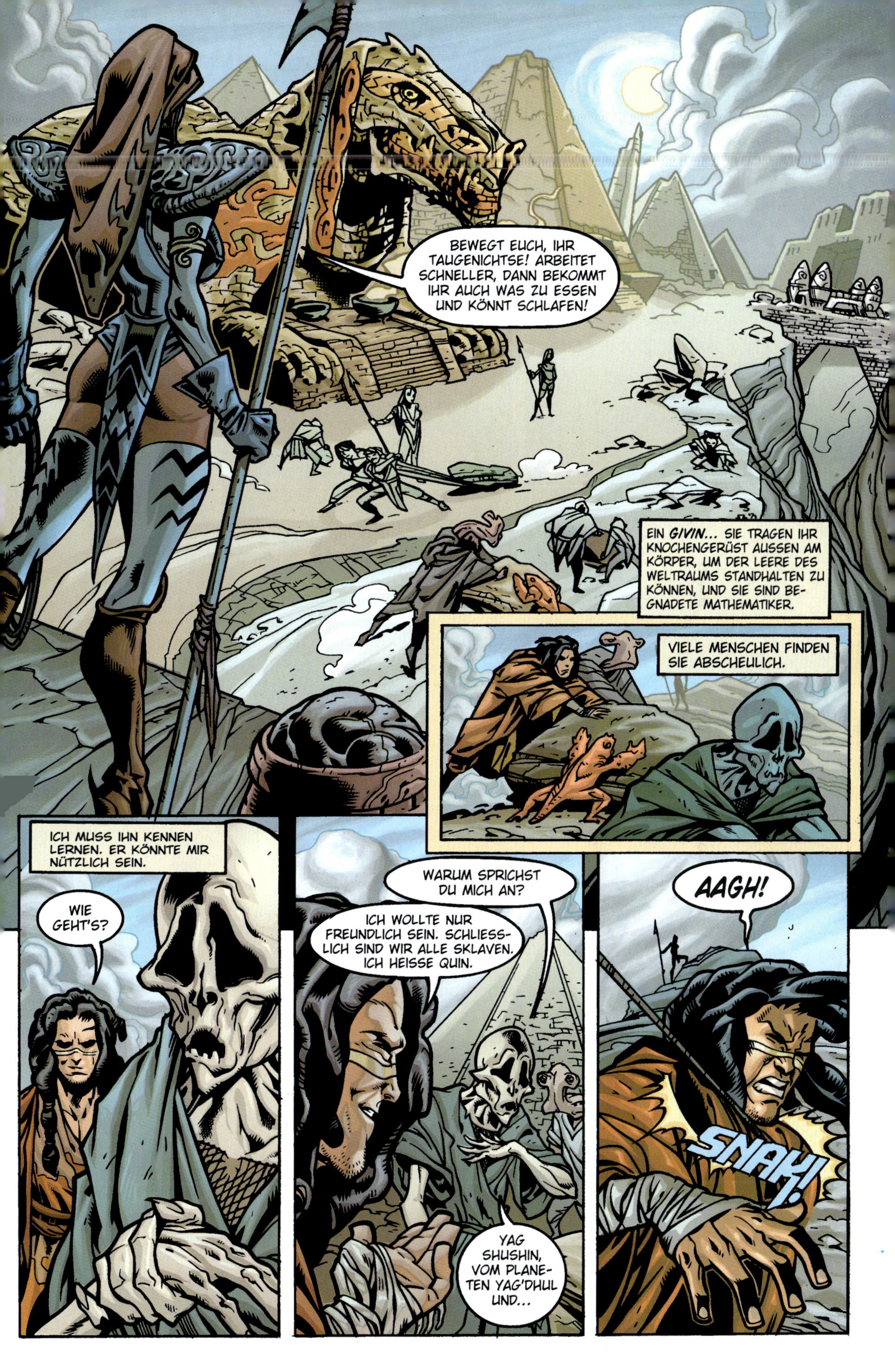
BEWEGT EUCH, IHR TAUGENICHTSE! ARBEITET SCHNELLER, DANN BEKOMMT IHR AUCH WAS ZU ESSEN UND KÖNNT SCHLAFEN!
EIN GIVIN... SIE TRAGEN IHR KNOCHENGERÜST AUSSEN AM KÖRPER, UM DER LEERE DES WELTRAUMS STANDHALTEN ZU KÖNNEN, UND SIE SIND BEGNADETE MATHEMATIKER.
VIELE MENSCHEN FINDEN SIE ABSCHEULICH.
ICH MUSS IHN KENNEN LERNEN. ER KÖNNTE MIR NÜTZLICH SEIN.
WIE GEHT'S?
WARUM SPRICHST DU MICH AN?
ICH WOLLTE NUR FREUNDLICH SEIN. SCHLIESSLICH SIND WIR ALLE SKLAVEN. ICH HEISSE QUIN.
YAG SHUSHIN, VOM PLANETEN YAG'DHUL UND...
AAGH!
SNAK!

SKLAVEN IST ES VERBOTEN SICH ZU UNTERHALTEN. DU SOLLTEST DIR DARÜBER KLAR WERDEN, DASS IHR EINE NIEDRIGERE LEBENSFORM SEID. GEWÖHN' DICH DRAN.
ICH MUSS ES HINNEHMEN -- WENN ICH HERAUSFINDEN WILL, WARUM DIE HEXEN DEN TEMPEL AUSGRABEN.
ABER ETWAS EINFACH „HINZUNEHMEN" FÄLLT MIR SCHWER.
HOFFENTLICH VERSTEHEN WIR UNS JETZT. DU WIRST MICH DOCH NICHT NOCH EINMAL ENTTÄUSCHEN, ODER?
SCHMOR IN DEN FEUERRINGEN VON FORNAX, DU ELENDE HEXE.
ICH BIN ENTTÄUSCHT!

EINE ALTE ENERGIELANZE.
UNGEHOBELTER SKLAVE, DIR WERD ICH --
HRRRRRRZZZ
AAAGGH!
YAAAH!
YAG! BIST DU OKAY?
JA -- MEIN EXOSKELETT IST STABILER ALS MENSCHLICHE KNOCHEN!
WIE KONNTE DAS GESCHEHEN?
SIE GRABEN AUCH UNTERIRDISCH. DABEI IST DIE OBERSTE ERDSCHICHT EINGEBROCHEN.
WAS SUCHEN SIE DA UNTEN?
WO IST DAS PROBLEM? DAS WAR NUR EIN KLEINERES BEBEN! MACHT EUCH WIEDER AN DIE ARBEIT!
HABT IHR GEHÖRT, WAS MATRIARCHIN ZALEM BEFIEHLT? VERLIERT RUHIG EURE FURCHT VOR ERDBEBEN! ABER VERLIERT NIEMALS EURE FURCHT VOR MIR!
ZALEM! ICH ERKLÄRE ES DIR SPÄTER, QUIN.

ALS ICH DIE TEMPELSTEINE BERÜHRTE, SPÜRTE ICH EINE URALTE ENERGIE UND EIN GROSSES GEHEIMNIS...
ANSCHEINEND ENTSPRECHEN DIE RATSBERICHTE DEN TATSACHEN...
BEVOR DER PLANET VERSCHWAND, ENTDECKTEN SIE AUF OVA EINEN KLEINEREN TEMPEL.
DIE SCHRIFTZEICHEN AN DEN WÄNDEN ZEIGTEN DATHOMIR ALS HAUPTSITZ...
HNNNNFF! HRRWWHH!
WAS IST? WAS WILLST DU?
DICH HEILEN! DICH HEILEN! UUOONGH!
SIE IST HIER, UM DEINE WUNDEN ZU VERSORGEN.
NEIN DANKE -- MIR GEHT'S GUT. ICH WERD'S ÜBERLEBEN!
MMMRRHH! NNNNNGKK!
WIR NENNEN SIE „DEN RANCOR". SIE IST ZALEMS TOCHTER. ABER IHR AUSSEHEN IST ZALEM SO PEINLICH, DASS SIE SIE IGNORIERT.

ROS LAI! KOMM UND TRINK ETWAS WARME YEADE MIT DEINEN SCHWESTERN!
WILL NICHT. WILL NICHT.
DU BIST ÄUSSERST UNFREUNDLICH. SIND WIR DIR NICHT FEIN GENUG?
WILL NICHT.
SCHWESTERN -- SIE IST SCHÜCHTERN. WIR WOLLEN DOCH NICHT, DASS SIE SICH MISSACHTET FÜHLT, ODER?
TRINK EINEN AUF UNS!
WUUUUHAH!
ES IST EINE SCHANDE. SEIT IHRER GEBURT HAT SIE NOCH KEINEN ZAUBER ZU STANDE GEBRACHT.
BOOMP!
BOOMP!
SIE TAUGT EINZIG DAZU, DIE PFERCHE DER SKLAVEN AUS-ZUMISTEN.

WENN SIE BETRUNKEN SIND, BENEHMEN SIE SICH IMMER SO. VIELLEICHT SUCHEN SIE SICH SPÄTER EINEN VON UNS ZUR PAARUNG AUS. ABER MEISTENS TÖTEN SIE UNS DANN.
WENN VONYA MICH AUSSUCHEN WÜRDE, WÄR'S MIR DAS WERT!
WIE STEHT'S MIT DIR, QUIN?
ICH WEISS NICHT RECHT. ROS LAI HAT ETWAS AN SICH, WAS ICH INTERESSANT FINDE.
DER RANCOR?! STIMMT WAS MIT DEINEN AUGEN NICHT?

GUT. SIE SIND ALLE BETRUNKEN. BIS AUF DIESES TRAURIG AUSSEHENDE WRACK, DAS DEN ENERGIEPFERCH BEWACHT.
SCHAFF SIE UNS VOM HALS.
WIE DU BEFIEHLST, *YONGTI*.
NNNWWWHR!
BZAK
KNNAK

EIN RIVALISIERENDER CLAN -- AUF BEUTEZUG, UM SKLAVEN FÜR DIE ZUCHT ZU FANGEN!
SCHNAPPT EUCH NUR DIE GESUNDEN MÄNNER. IGNORIERT DIE SCHWÄCHLINGE UND NICHTMENSCHEN!
DEM HIER STEHT „YONGTI" AUF DIE STIRN GESCHRIEBEN!

DAS IST NICHT BESTANDTEIL DES PLANS!
DIE BEUTE IST STARK. GUT. ICH LIEBE DEN KAMPF.
ICH HAB DICH, QUIN! ICH HAB DICH!
UUUGH!
MUSKULÖSE ARME UND SCHENKEL, KRÄFTIGE ZÄHNE. ZIEMLICH AGGRESSIV. ICH HABE EINE GUTE WAHL GETROFFEN.
ABER EINER PRINZESSIN VON DATHOMIR WIDERSETZT MAN SICH NICHT. MORGEN BEGINNEN WIR MIT DEINER AUSBILDUNG.

VZZZM
RRARGGHH!
ALSO GUT, PRINZESSIN. ERSTE LEKTION -- LEG DICH NICHT MIT MIR AN!
JETZT BIST DU ES, DIE HILFLOS IST!
WIE WÄR'S, WENN DU JETZT ETWAS KÖNIGLICHES VON DIR GEBEN WÜRDEST?

WENN ICH ERLEDIGT BIN, BIST DU ES AUCH, SKLAVE!
NOCH SO EINE ALTE ENERGIEWAFFE. ICH DARF NICHT MIT DEM LICHT-SCHWERT GEGEN SIE KÄMPFEN. SONST WEISS SIE, DASS ICH EIN JEDI BIN.
ABER DAS IST MIR EGAL! ICH HABE DIESE PRINZESSINNEN SATT! ICH WILL, DASS SIE IN DER HÖLLE SCHMORT!
VRRRRRNG!

GRAARRRHH!
SIE IST TOT. GUT. MIR REICHT'S MIT DIESEN VERRÜCK-TEN WEIBERN.
ABER... WAS FÜR EINE MASCHINE STEUERT DIE ANDERE PRINZESSIN DA?

DIE SCHLACHT IST VORBEI. ERGEBT EUCH, SONST LÖSCHEN WIR EUCH AUS.
IHR HABT MICH EINE MENGE ARBEITSKRÄFTE GEKOSTET. ZU EUREM GLÜCK WERDET IHR NICHT IHREN PLATZ EINNEHMEN, DA IHR DEM HÖHEREN GESCHLECHT ANGEHÖRT.
ABER ZU EUREM UNGLÜCK KANN ICH EUCH DIESE ÜBERGRIFFE NICHT VERZEIHEN.
KVASH!
WOHER HABEN DIE HEXEN DIESE TUNNEL-BOHRMASCHINE?
DAS WAR MAL MEIN ALTER STERNENKREUZER. NACH MEINER BRUCHLANDUNG HIER, HABEN SIE DIESES *DING* DARAUS GEBAUT. DER BOHRSTRAHL WIRD VON MEINEM HAUPTANTRIEB GESPEIST.
IN DEN SCHÄCHTEN SIND NOCH ZWEI -- SIE SUCHEN NACH EINER ***ALTEN KAMMER*** UNTER DEM TEMPEL.
ABER WENN DIE HEXEN SOLCHE RAUM-SCHIFFE BESITZEN, KÖNNTEN SIE DATHOMIR DOCH JEDERZEIT VERLASSEN!
WARUM TUN SIE ES NICHT?
KRRNK

VIELLEICHT, WEIL DAS, WAS SICH IM STERNENTEMPEL BEFINDET, VIEL WERTVOLLER UND MÄCHTIGER IST...
RF BACHS 2000 + RAUL

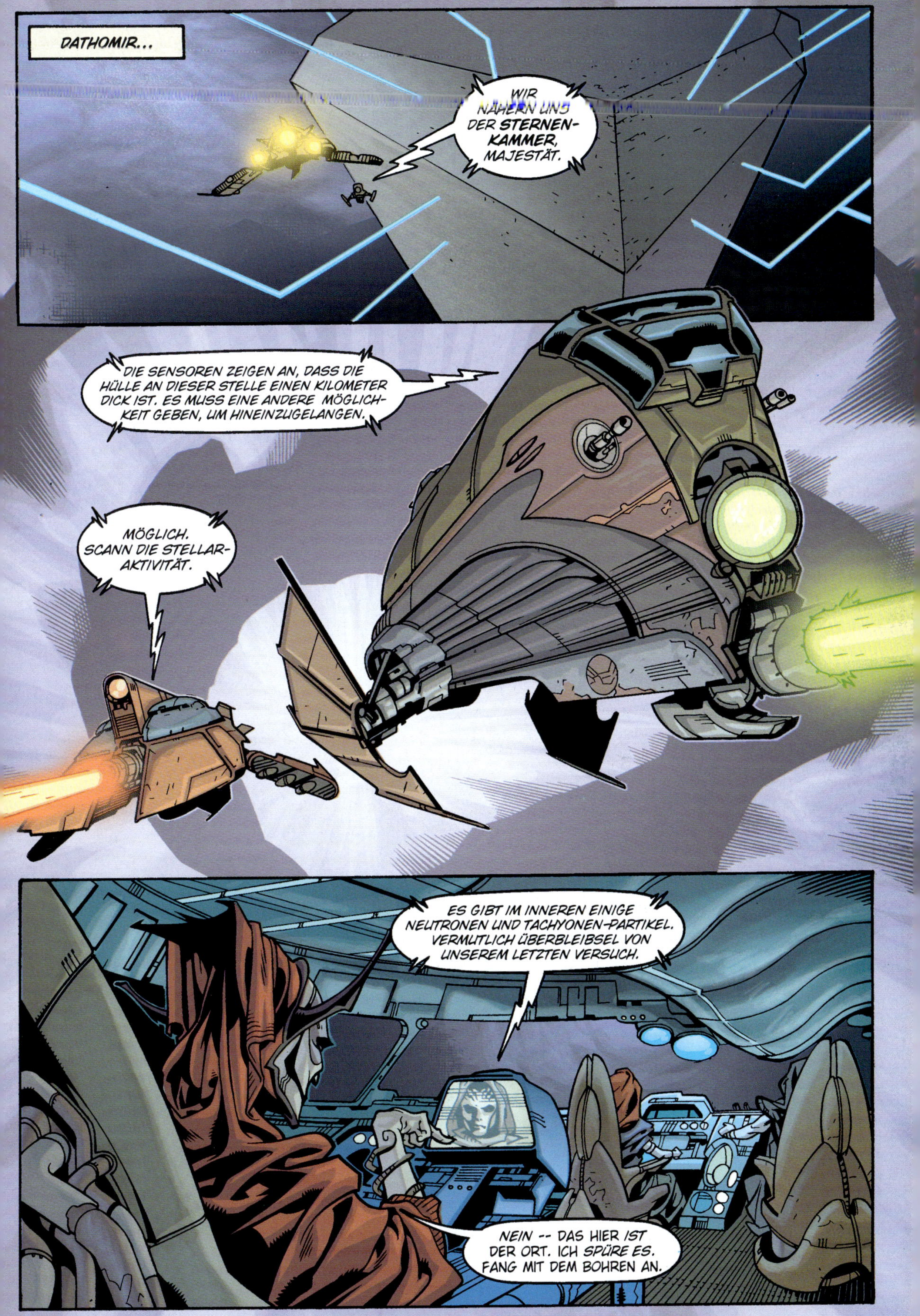
DATHOMIR...
WIR NÄHERN UNS DER STERNENKAMMER, MAJESTÄT.
DIE SENSOREN ZEIGEN AN, DASS DIE HÜLLE AN DIESER STELLE EINEN KILOMETER DICK IST. ES MUSS EINE ANDERE MÖGLICHKEIT GEBEN, UM HINEINZUGELANGEN.
MÖGLICH. SCANN DIE STELLARAKTIVITÄT.
ES GIBT IM INNEREN EINIGE NEUTRONEN UND TACHYONEN-PARTIKEL. VERMUTLICH ÜBERBLEIBSEL VON UNSEREM LETZTEN VERSUCH.
NEIN -- DAS HIER IST DER ORT. ICH SPÜRE ES. FANG MIT DEM BOHREN AN.

JA, MAJESTÄT.
WIR SIND DICHT DRAN, VONYA -- ES IST NUR NOCH EINE FRAGE DER ZEIT, BIS DIESER ELENDE GEFÄNGNISPLANET UNS IN DIE FREIHEIT ENTLÄSST.
UND WENN DAS TOR ERST OFFEN STEHT, BESITZEN WIR EINE MACHT, WEIT ÜBER JEDES VORSTELLBARE MASS HINAUS -- DIE MACHT DER ALTEN GÖTTER!
MAJESTÄT! MASSIVE SEISMISCHE AKTIVITÄT! ETWAS DURCHDRINGT DAS ERDREICH -- UND KOMMT MIT HOHER GESCHWINDIGKEIT AUF UNS ZU!
EIN WÄCHTER!
ZIEL ERFASSEN UND FEUERN!

WRRROOH!
BAWOOM!
DIESE WESEN SIND NICHT DUMM, MAJESTÄT. SIE SPÜREN UNSERE GEGENWART. WIR KONNTEN KEINEN VOLLTREFFER LANDEN.
ABER DIE SCHOCKWELLEN WERDEN SICH VERHEE-REND AUF SEIN HYDRO-STATISCHES SKELETT AUSWIRKEN.
ER WIRD AN DIE OBERFLÄCHE FLIEHEN UND UNS NICHT LÄNGER BEI DER ARBEIT STÖREN.
SEHR ZUM NACHTEIL DER SKLAVEN, FINDET IHR NICHT AUCH, MAJESTÄT?
WAS FASELST DU DA VON SKLAVEN, VONYA? IHR SCHICKSAL INTERESSIERT MICH NICHT.

„BOHRVORGANG FORTSETZEN."
K-KRAK
EIN RIESEN-WUFFA!
ER SCHNAPPT SICH EINEN NACH DEM ANDEREN! ICH DARF NICHT RISKIEREN, DASS JEMAND MEIN LICHTSCHWERT SIEHT...

MUSS MICH EBENFALLS VERSCHLINGEN LASSEN...
...UND IHN DANN TÖTEN.
DIE VERDAUUNGSSÄFTE BEGINNEN UNS AUFZULÖSEN.
MITTEN IN SEIN HIRN.
GRAAAHH!

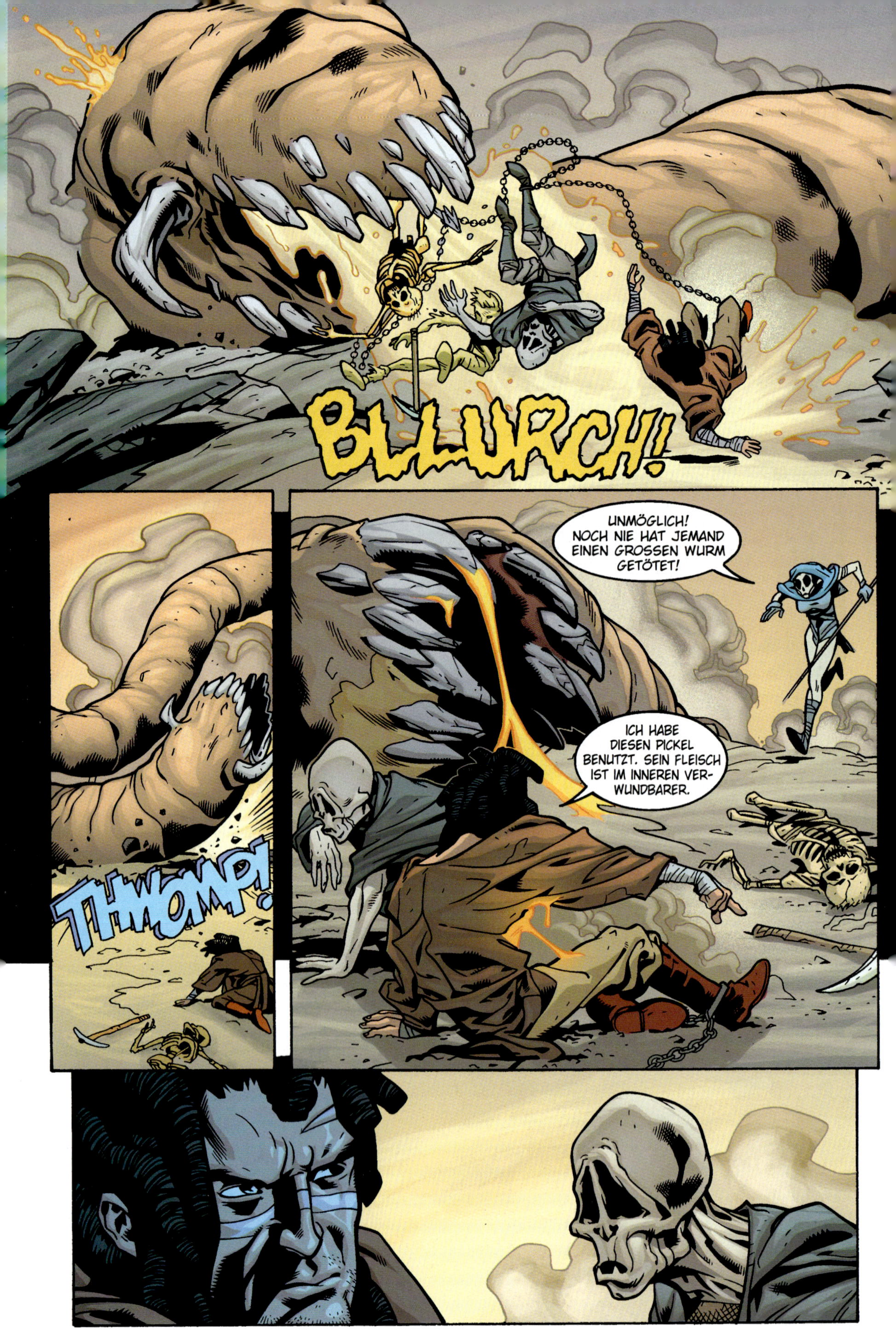
BLLURCH!
THWOMP!
UNMÖGLICH! NOCH NIE HAT JEMAND EINEN GROSSEN WURM GETÖTET!
ICH HABE DIESEN PICKEL BENUTZT. SEIN FLEISCH IST IM INNEREN VERWUNDBARER.

MAJESTÄT, HIER IST DER SKLAVE, DER DEN WÄCHTER DER KAMMER ERSCHLAGEN HAT.
ER WAR SEHR EINFALLSREICH. DAS INTERESSIERT MICH. ER MÖGE VORTRETEN.
HAT DIESES MÄNNCHEN AUCH EINEN NAMEN?
QUIN, MAJESTÄT. ER HAT SICH ALS RECHT AUSDAUERND ERWIESEN. ICH BIN MIR NICHT SICHER, OB ICH IHN SCHON HINREICHEND ZUR VERNUNFT BRINGEN KONNTE.
VIELLEICHT SOLLTE ICH DICH ZU MEINEM... PERSÖNLICHEN LEIBWÄCHTER ERNENNEN... QUIN?
ALSO, ÄH...
DEINE CHANCE IST VERTAN.
STATT DESSEN WERDE ICH DICH UND DEINEN FREUND ZU REPTILIENHÜTERN MACHEN. EINE GEFÄHRLICHE ARBEIT -- DIE KWI HABEN ETWAS DAGEGEN, DASS MAN IHNEN DIE GLIEDER ABTRENNT.
ABER DER BEZWINGER DES GROSSEN WURMS WIRD ZWEIFELLOS MIT IHNEN FERTIG.
EINE BEFÖRDERUNG, EH? KÖNNTE MEINER MISSION DIENLICH SEIN...
WAS IST DA DRÜBEN LOS? DAS IST DOCH ROS LAI -- „DER RANCOR"...

ABER ICH HABE DOCH GESEHEN, WIE SIE GESTERN ABEND **STARB**. *INTERESSANT.*
WIR HABEN EURE TOCHTER GEFUNDEN, MAJESTÄT. SIE HAT SICH IN DEN RUINEN VERSTECKT.
HRRRRWWWHH!
ICH FÜRCHTE, ICH WERDE SIE DAFÜR BESTRAFEN MÜSSEN, DASS SIE DIE SKLAVEN NICHT RICHTIG BEWACHT HAT, MAJESTÄT.
HAST DU *BEDENKEN?*
NUN, SIE IST EURE *TOCHTER*, UND DA DACHTE ICH --
BELASTE MICH NICHT MIT *BELANGLOSIGKEITEN*, VONYA. ALLES, WAS ZÄHLT, IST UNSERE ARBEIT AN DER ***STERNENKAMMER***.
ALSO GUT, MAJESTÄT...
ÜBERLASST SIE MIR.

DU WIRST DURSTIG SEIN, LIEBE SCHWESTER, HIER -- NIMM EINEN KRÄFTIGEN SCHLUCK AUS DEM BECHER.
MW AAAAGGGH!
OH, WIE NACHLÄSSIG VON MIR. ICH HABE WOHL NOCH NICHT ERWÄHNT, DASS ER EINEN **ARTERIENWURM** ENTHÄLT.
ER WIRD DIR VIEL FREUDE BEREITEN, WÄHREND ER SICH DURCH DEINE ADERN BOHRT UND SIE IN GLÜHENDES FEUER VERWANDELT.
GNNNAAHH! **HUAAAHHH!** TUT WEH! TUT WEH!
JA, DAS TUT ES, LIEBE SCHWESTER, MINDESTENS EINEN TAG LANG. ABER DU WIRST NICHT STERBEN, DENN DU HAST HEXENBLUT IN DIR.
BIIITTE, VONYA. **BIIIIITTTTE....** VERGIB MIR! VERGIB MIR!
TUT MIR LEID, ROS LAI...
HEXEN VERGEBEN NIE...
MWWAARGH!

CORUSCANT.
GEHEN WIR NOCH EINMAL DURCH, WAS WIR ÜBER DATHOMIR WISSEN...
DIE EINHEIMISCHE BEVÖLKERUNG -- DAS „BLAUE WÜSTENVOLK" -- NENNT SICH „KWI". SIE SCHEINEN DEGENERIERTE NACHKOMMEN DER „KWA" ZU SEIN, EINER ÄLTEREN SPEZIES, DIE DURCH „TORE DER UNENDLICHKEIT" DAS UNIVERSUM BEREISTE.
SOVIEL SCHEINT SICHER, NACH ALLEM, WAS WIR AUF OVA ERFAHREN HABEN.
UND IHRE STERNENTEMPEL ERRICHTETEN SIE, UM DIE TORE ZU BESCHÜTZEN -- UND EINDRINGLINGE FÜR ALLE ZEIT FERN ZU HALTEN.
DOCH DIE HEXEN FANDEN EINEN WEG, EIN TOR AUF DATHOMIR ZU ÖFFNEN, BEVOR EIN SICHERHEITSMECHANISMUS AKTIVIERT WURDE...
IST EUCH KLAR, DASS DATHOMIR IM WELTRAUM VERSCHWINDEN KÖNNTE, WENN SIE ES NOCH EINMAL VERSUCHEN? ES KÖNNTE ALLE HIMMELSKÖRPER IN DER NACHBARSCHAFT MIT SICH REISSEN.
SIE SIND ABTRÜNNIGE, DIE NICHTS ZU VERLIEREN HABEN. ICH FÜRCHTE, SIE WERDEN ES NOCH EINMAL VERSUCHEN.
ES SEI DENN, QUIN FINDET EINEN WEG, SIE ZU STOPPEN.
DANN MÖGE DIE MACHT MIT IHM SEIN.
MÖGE DIE MACHT MIT UNS ALLEN SEIN.

NA LOS -- REIN MIT DIR!
YEEEE!
YEEEE!
YEEEE!
YEEEEE!
WAS GEHT HINTER DIESEM SCHIRM VOR?
WILLST DU DAS WIRKLICH WISSEN?
JEDI?
SAG ES MIR!

GENAU DARUM VERSUCHEN DIE HEXEN JETZT, VON *UNTEN* HERANZUKOMMEN.
AUSSERDEM ZÜCHTETEN DIE KWA RIESENWÜRMER, DIE ALS HÜTER DER KAMMER DIENTEN.
EINEN DER HÜTER HABE ICH GETÖTET. NUN SOLL ICH SEINEN PLATZ EINNEHMEN.
OKAY, ICH HAB'S KAPIERT.
„DER RANCOR"! SIE SPIONIERT MIR NACH!
ICH HATTE SCHON DIE GANZE ZEIT DEN EINDRUCK, DASS MIT IHR ETWAS NICHT STIMMT. ES WIRD ZEIT, DASS ICH SIE MIR *VORKNÖPFE*.

EINE DIESER TODESFALLEN!
TUT MIR LEID, JEDI. ABER ICH WILL NICHT, DASS DU MEINE PLÄNE VEREITELST.

WOHIN IST SIE VERSCHWUNDEN?
VOOOSH
DORTHIN!

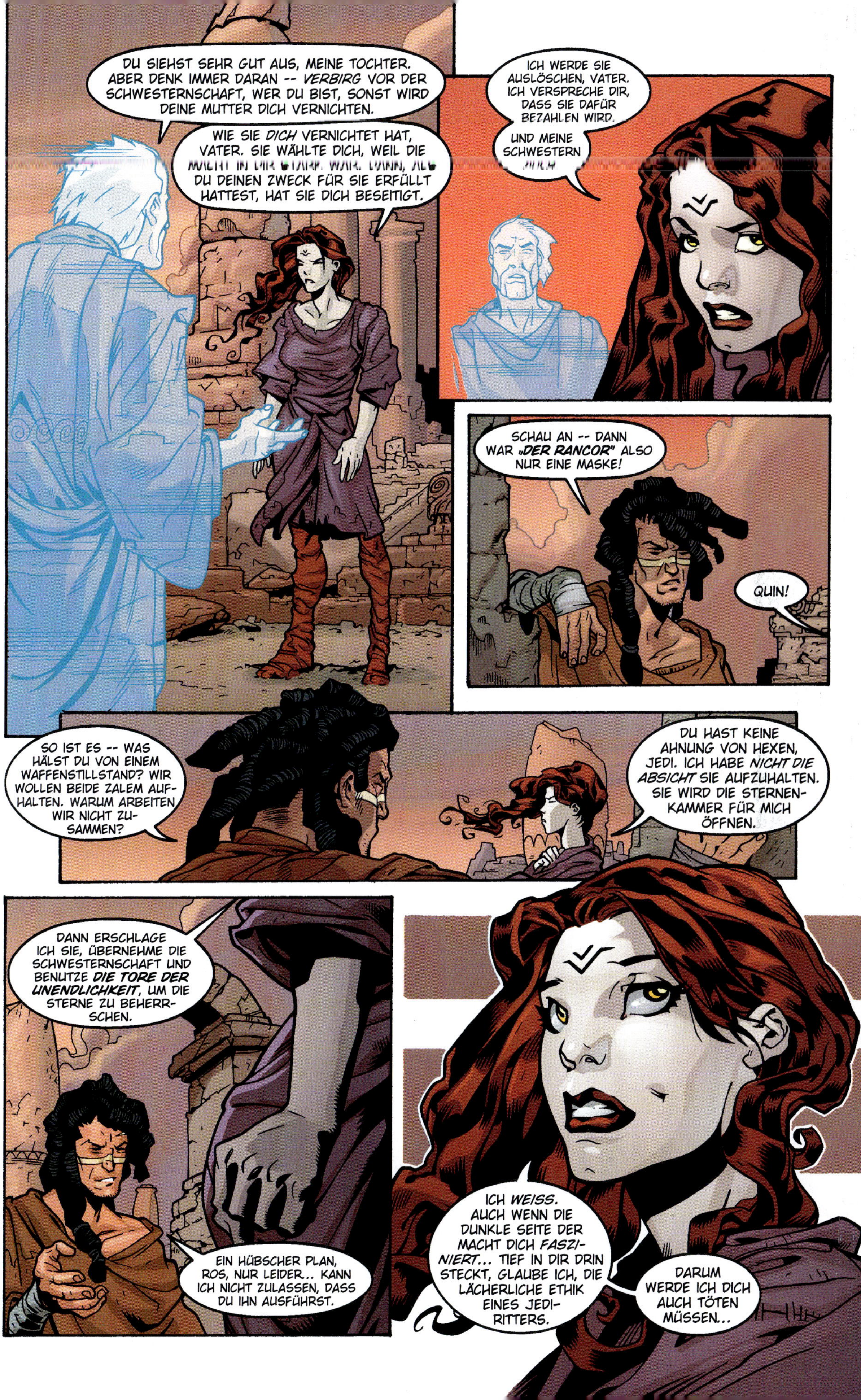
DU SIEHST SEHR GUT AUS, MEINE TOCHTER. ABER DENK IMMER DARAN -- *VERBIRG* VOR DER SCHWESTERNSCHAFT, WER DU BIST, SONST WIRD DEINE MUTTER DICH VERNICHTEN.
WIE SIE *DICH* VERNICHTET HAT, VATER. SIE WÄHLTE DICH, WEIL DIE MACHT IN DIR STARK WAR. DANN, ALS DU DEINEN ZWECK FÜR SIE ERFÜLLT HATTEST, HAT SIE DICH BESEITIGT.
ICH WERDE SIE AUSLÖSCHEN, VATER. ICH VERSPRECHE DIR, DASS SIE DAFÜR BEZAHLEN WIRD.
UND MEINE SCHWESTERN AUCH.
SCHAU AN -- DANN WAR *„DER RANCOR"* ALSO NUR EINE MASKE!
QUIN!
SO IST ES -- WAS HÄLST DU VON EINEM WAFFENSTILLSTAND? WIR WOLLEN BEIDE ZALEM AUFHALTEN. WARUM ARBEITEN WIR NICHT ZUSAMMEN?
DU HAST KEINE AHNUNG VON HEXEN, JEDI. ICH HABE *NICHT DIE ABSICHT* SIE AUFZUHALTEN. SIE WIRD DIE STERNENKAMMER FÜR MICH ÖFFNEN.
DANN ERSCHLAGE ICH SIE, ÜBERNEHME DIE SCHWESTERNSCHAFT UND BENUTZE ***DIE TORE DER UNENDLICHKEIT***, UM DIE STERNE ZU BEHERRSCHEN.
EIN HÜBSCHER PLAN, ROS, NUR LEIDER... KANN ICH NICHT ZULASSEN, DASS DU IHN AUSFÜHRST.
ICH *WEISS*. AUCH WENN DIE DUNKLE SEITE DER MACHT DICH *FASZINIERT*... TIEF IN DIR DRIN STECKT, GLAUBE ICH, DIE LÄCHERLICHE ETHIK EINES JEDI-RITTERS.
DARUM WERDE ICH DICH AUCH TÖTEN MÜSSEN...

WAS HAST DU, QUIN? JETZT BIST DU WOHL NICHT MEHR SO BEGEISTERT VON DER DUNKLEN SEITE DER MACHT?
RF BACHS + RAUL

ICH KANN NICHT ZULASSEN, DASS DU AM LEBEN BLEIBST, QUIN. DENN, DU WÜRDEST SICHER VERSUCHEN, MICH DARAN ZU HINDERN, IN DIE STERNENKAMMER EINZUDRINGEN UND ZALEM ZU VERNICHTEN.
ROS LAI...? WAS IST DENN MIT DIR PASSIERT?
DU BIST JA WUNDERSCHÖN!
VONYA!
WIR KLÄREN DAS SPÄTER, JEDI.
GUUUH!
ALSO, VONYA UND MEINE LIEBEN SCHWESTERN. WIE IHR SEHT -- BIN ICH NICHT MEHR „DER RANCOR"... WIE IHR MICH IMMER SPÖTTISCH GENANNT HABT.
DAS IST EIN WUNDER! GEPRIESEN SEI ZALEMS TOCHTER. SIE IST JETZT EINE VON UNS...

WIR FREUEN UNS, DASS DIESER FLUCH NICHT MEHR AUF DIR LASTET, SCHWESTER. DU KANNST JETZT ALS EINE ECHTE HEXE VON DATHOMIR DEINEN PLATZ AN UNSERER SEITE EINNEHMEN.
SPAR DIR DEINE KOMPLIMENTE, VONYA. SIE WERDEN DICH NICHT VOR MEINEM ZORN RETTEN.
ROS, ICH WEISS, DASS WIR DICH VERLETZT HABEN, ABER ES WAR DOCH NUR EIN SPIEL. ES HATTE NICHTS ZU BEDEUTEN.
DASS IHR MICH WIE EIN MONSTER BEHANDELT HABT? DASS IHR MICH ZUM GESPÖTT ALLER GEMACHT HABT?
BITTE VERGIB UNS, ROS.
DAS KANN ICH NICHT, LEELA. DU SOLLTEST DOCH WISSEN...
HEXEN VERGEBEN NIE.
UUUNGH!
NUN, YANI, WILLST DU NICHT VORTRETEN UND MICH UMARMEN? WENN ICH MICH RECHT ERINNERE, HAST DU SCHWACHE KNOCHEN...

NEEEIIIN! LASS MICH IN RUHE!
ES REICHT, ROS.
ES REICHT, WENN ICH SAGE, DASS ES REICHT, VONYA. TRITT ZUR SEITE.
ICH BIN VON DEINER MAGISCHEN TARNUNG BEEINDRUCKT. ABER WAS IST DAS SCHON?
VERGLICHEN MIT MIR BIST DU NOCH EINE ANFÄNGERIN.
„NOCH EINE ANFÄNGERIN?"
JA, ROS...

NOCH EINE ANFÄNGERIN!
VERRÜCKTE HEXEN! ICH SOLLTE EINFACH ZUSCHAUEN, WIE SIE SICH GEGENSEITIG UMBRINGEN!
ABER ROS IST ZALEMS TOCHTER. SIE KÖNNTE EINE NÜTZLICHE VERBÜNDETE WERDEN.
FALLS SIE ÜBERLEBT.
VASH!

KLASH!
SIEH AN, QUIN! DU BIST EIN JEDI? ICH HÄTT'S MIR DENKEN KÖNNEN...
NA SCHÖN -- MAL SEHEN, OB DIR DAS AUCH GEGEN EINE HEXE VON DATHOMIR HILFT!
ES WIRD ZEIT, DASS ICH DIR DEINE LETZTE LEKTION ERTEILE!
ZZAK!
WIE MEINEN... ?

CORUSCANT.
SEID IHR SICHER, MACE?
LEIDER JA.
DAS RETTUNGSSCHIFF KANN DATHOMIR NICHT ERREICHEN, WIE URSPRÜNGLICH GEPLANT.
ES GIBT ALSO KEINE MÖGLICHKEIT, QUIN DORT RAUS-ZUHOLEN?
ICH FÜRCHTE NEIN. UNSERE WISSENSCHAFT-LER BEOBACHTEN DIE RAUMVERZERRUNG. SIE HATTEN GEHOFFT, DIE WELLE HÄTTE SICH AUF-GELÖST, ALS OVA VERSCHLUNGEN WURDE...
...DOCH STATT DESSEN VERHÄLT SIE SICH WIE EINE UNGEBREMSTE FLUTWELLE --
-- MIT FOLGEN, DIE NIEMAND VORHERSEHEN KANN. IM GESAMTEN RAUMQUADRANTEN IST EINE NAVIGATION UNMÖGLICH.
DANN HABEN WIR QUIN IN DEN TOD GESCHICKT!

WENN ICH YAG ERST GEFUNDEN HABE, KANN ICH ALLEM, WAS DIE HEXEN UNTER DER ERDE ANSTELLEN, EIN ENDE BEREITEN.
AAAHH!
ICH KANN DIE KWA SPÜREN -- DIE ERBAUER DES TEMPELS! SIE VERSUCHEN MIT MIR KONTAKT AUFZUNEHMEN.
SIE ERINNERN MICH DARAN, DASS ICH DEN WÄCHTER DER STERNENKAMMER GETÖTET HABE UND SEINEN PLATZ EINNEHMEN MUSS.
DA IST ER! MACH IHN FERTIG!
WWUUUH

WORAUF WARTET IHR NOCH? ER IST BLOSS EIN SKLAVE! ERLEDIGT IHN!

ES SIND ZU VIELE. WENN ICH NICHT VERSCHWINDE, BIN ICH VERLOREN.
SCHLUSS!
JJZT

DIE DUNKELHEIT IST STETS MÄCHTIGER ALS DAS LICHT, QUIN. GEHORCHST DU MIR JETZT...? ODER WILLST DU WEITER MEINE KRÄFTE ZU SPÜREN BEKOMMEN?
NICHT NÖTIG, VONYA. ICH BIN EIN GUTER VERLIERER.
ICH NICHT. VERGISS DAS NIE.
SCHAU AN! ENDLICH HAST DU MEINE GANZE AUFMERKSAMKEIT. DAS *WOLLTEST* DU DOCH, NICHT WAHR?
IHR WISST, DASS IHR EIN GUTER FANG SEID. ICH KONNTE EUREM CHARME EINFACH NICHT WIDERSTEHEN...
SICHER HÄTTE ES EINFACHERE WEGE GEGEBEN, MEIN INTERESSE ZU WECKEN. NUN WIRD MEIN CHARME *TÖDLICH* FÜR DICH SEIN...

FAST HÄTTEST DU MEINE PLÄNE VEREITELT, JEDI. ABER DIE MEISTEN KWI, DIE DU BEFREIT HAST, KONNTEN WIR WIEDER EINFANGEN.
IHR HABT WEHRLOSE TIERE GEFOLTERT! KENNT IHR DENN GAR KEIN MITLEID, ZALEM?
NEIN. UND JETZT... WAS HAT DER JEDIRAT SICH DAVON ERHOFFT, EINEN SPION
DASS IHR NICHT LÄNGER MIT EINER TECHNOLOGIE HERUMSPIELT, DIE IHR NICHT BEGREIFT. EIN PLANET WURDE SCHON AUSGELÖSCHT. HÖRT AUF DAMIT -- BEVOR *ES NOCH MEHR WERDEN!*
DER RAT BEANSPRUCHT DIE MACHT NUR FÜR *SICH!*
NUN, ICH WERDE IHNEN ZEIGEN, WAS MIT SPIONEN GESCHIEHT! VONYA, DU DARFST MIT DEINER... „OPERATION" BEGINNEN!
JA, MAJESTÄT.
ES KÖNNTE EIN BISSCHEN WEH TUN!
HÄTTEST DU HEXENBLUT, GÄBE ES FÜR DICH EINE ECHTE CHANCE, ***DIE ARTERIENWÜRMER*** ZU ÜBERLEBEN, ABER SO...
DIE WÜRMER BAHNEN SICH EINEN WEG DURCH DEINE ADERN UND FRESSEN DIE WÄNDE DEINER ARTERIEN AUF...
...BIS DEIN GANZES NERVENSYSTEM ZUSAMMENBRICHT!
AAAGGH!!

INZWISCHEN...
KRAK!
SIE HABEN MEIN SCHIFF VERÄNDERT, DAMIT ES UNTER DER ERDE MANÖVRIEREN KANN, ABER IM GRUNDE IST ES NOCH DASSELBE SCHIFF.

WAS IST HIER PAS-SIERT?!
AH, YAG, ICH HABE SCHON AUF DICH GEWARTET...
WER BIST DU?
ROS LAI... „DER RANCOR"... ERINNERST DU DICH NOCH?
DU WEISST, WIE MAN DIESES SCHIFF BEDIENT -- ALSO HÖR MIR GUT ZU. ICH BRAUCHE DEINE HILFE.
WARUM SOLLTE ICH AUSGERECHNET DIR HELFEN? DAS SCHEINT MIR NICHT SEHR VER-NÜNFTIG ZU SEIN.
„WEIL WEITERE WACHEN UNTERWEGS SIND, UM UNS BEIDE ZU ERLEDIGEN. UND ICH KANN DEINEN FREUND QUIN RETTEN. ICH SPÜRE, DASS ER MEINER MUTTER IN DIE HÄNDE GEFALLEN IST."
NUN JA, DAS KLINGT VER-NÜNFTIG!
VOOOSH!

ER WIRD BALD TOT SEIN.
ERSTAUNLICH, WIE VIEL QUALEN ER ERTRAGEN KANN.
ER IST EIN *JEDI*, MAJESTÄT.
ABER AUCH JEDI SIND NICHT UNSTERBLICH. ICH GEBE IHM HÖCHSTENS NOCH EINE STUNDE.
AUS-GEZEICHNET. DANN KÖNNEN WIR UNS JA WIEDER AUF DIE SUCHE NACH DEM TOR DER UNENDLICHKEIT MACHEN...
DU WIRST DAS TOR NIEMALS KON-TROLLIEREN, MUTTER!
UND WENN ICH DEN CLAN ERST ÜBERNOMMEN HABE, WERDE ICH AUCH DIESE SADISTISCHEN SPIELCHEN ABSCHAFFEN!
WIE KANNST DU DICH HIER EINFACH HEREINSCHLEICHEN, KIND? HABE ICH DIR NICHT BEIGE-BRACHT, DEINE ELTERN ZU RESPEKTIEREN?

ALLES WAS DU MIR BEIGEBRACHT HAST, IST DICH ZU VERACHTEN, MUTTER.
HASS UND GRAUSAMKEIT, DAS WAREN DEINE GESCHENKE FÜR MICH...
SNAP!
BIST DU SICHER, DASS DU ES SO WILLST, ROS LAI? ICH HÄTTE DICH LIEBER AN MEINER SEITE, UM MEINE MACHT MIT DIR ZU TEILEN.
WIE MEIN VATER AN DEINER SEITE WAR, BIS ER SEINEN ZWECK ERFÜLLT HATTE? ICH DENK' NICHT DRAN, MUTTER.
SO SEI'S, WACHEN!
UND ICH GLAUBE NICHT, DASS DIR DAS GEHÖRT.
ELIMINIERT SIE!

NA HÖRT MAL... WOLLT IHR ES WIRKLICH MIT EINEM... JEDI-RITTER AUFNEHMEN?
JETZT, YAG...
KATOOOM!

BIST DU OKAY?
BRING MICH NUR ZUM SCHIFF ... UGH!... ICH WEISS, WIE MAN DAS TOR DER UNEND-LICHKEIT FINDET...
ICH BIN JETZT DER WÄCHTER!
VONYA! LOS, KOMM MIT! WIR MÜSSEN SIE AUFHALTEN!
WOOOSH

STOPP! WIR MÜSSEN MIT DEN EIN-GEBAUTEN SCHUB-DÜSEN INS ERDREICH EINDRINGEN!
ES STEHT NICHT GUT UM IHN, NICHT WAHR?
DIESES GEBRÄU ENTHÄLT ETWAS VON MEINEM BLUT. ES WIRD IHN VON DEN WÜRMERN BEFREIEN -- VORAUSGESETZT, SIE HABEN SEIN HERZ NOCH NICHT ERREICHT.
ROS, DIE SENSOREN REGISTRIEREN EIN SCHIFF, DAS SICH SCHNELL NÄHERT!

VEEOW!
DIE AUSSENHÜLLE IST BESCHÄDIGT, UND UNSERE SCHUTZSCHILDE SIND RUNTER AUF 40 PROZENT!
KÖNNEN WIR NICHT MEHR AUS DIESEM DING RAUSHOLEN...?!
VOLLTREFFER, MAJESTÄT!
GREIFT WEITER AN! HÖRT ERST AUF, WENN IHR SIE ZERSTÖRT HABT!
SEHR WOHL...
FEUER FREI!

„WIR WERDEN BESCHOSSEN!"

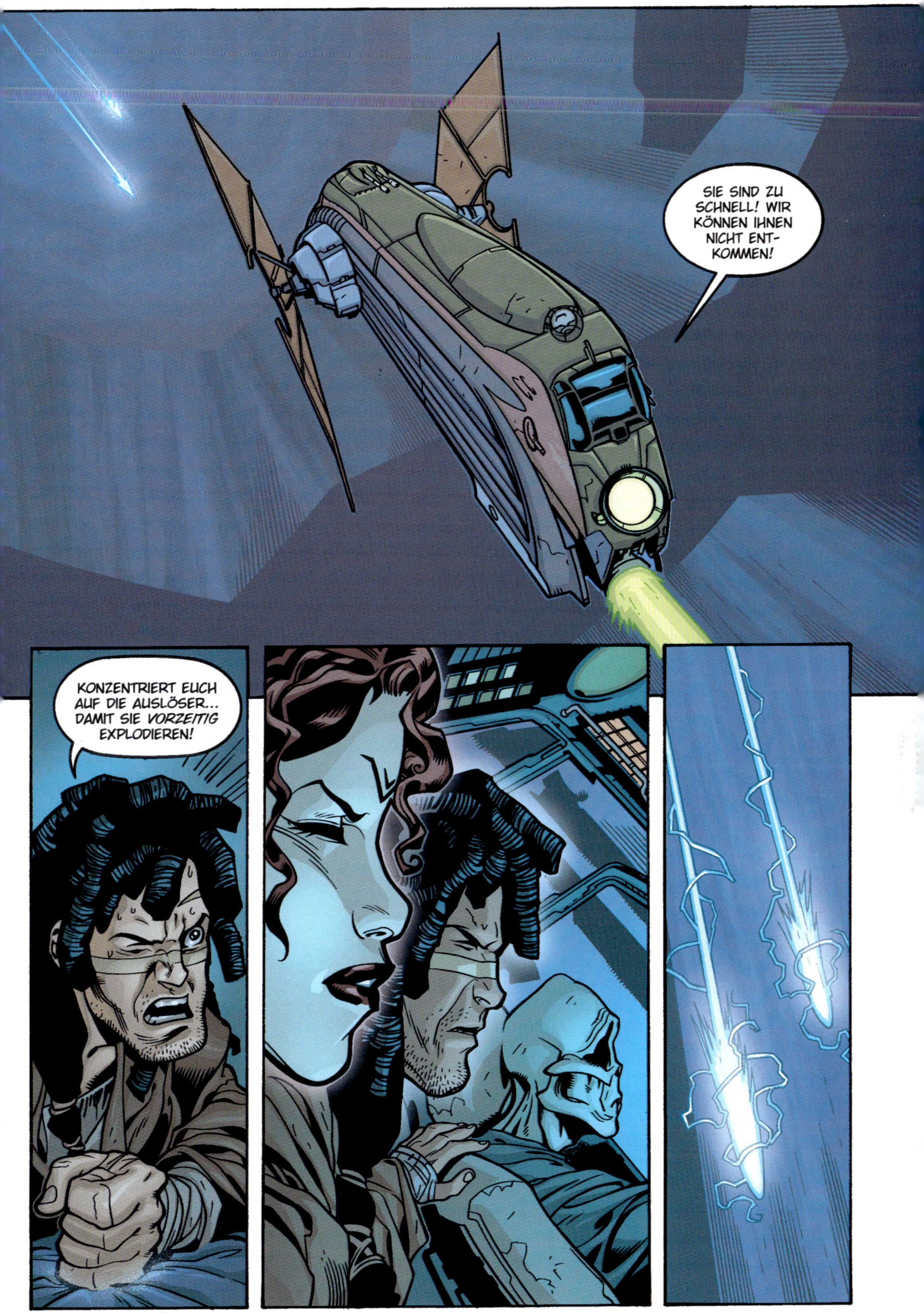
SIE SIND ZU SCHNELL! WIR KÖNNEN IHNEN NICHT ENT-KOMMEN!
KONZENTRIERT EUCH AUF DIE AUSLÖSER... DAMIT SIE *VORZEITIG* EXPLODIEREN!

KA-BLAAM!
NICHTS KANN DIESE EXPLOSION ÜBERSTANDEN HABEN, MAJESTÄT. ES TUT MIR LEID UM EURE TOCHTER.
WARUM? SIE HAT SICH MIR WIDERSETZT. FLIEGEN WIR WEITER ZUR STERNENKAMMER.
AN DIESER STELLE WURDEN DIE STERNENPARTIKEL ENTDECKT.
ICH WEISS, DASS DAS EIN ZUGANG IST -- WEITER BOHREN.

WIR BRECHEN DURCH.
DAS TOR DER UNEND-LICHKEIT...! UND SEHT...
DIE STELLARE KONTROLL-STATION!

DIE HEXEN HALTEN UNS FÜR TOT.
NEHMEN WIR DIE FÄHRTE AUF!
SIE SIND IN DER **STERNEN-KAMMER**!
HINTER-HER!
DIE WAND SCHLIESST SICH!
WIE STEHEN UNSERE CHANCEN, YAG?
ETWA SIEBENTAUSEND-UNDFÜNFZIG ZU EINS.
ALSO NOCH SCHLECHTER ALS BEIM GLÜCKSSPIEL AUF TATOOINE!
SLAMM!

VONYAS SCHIFF!
DU HAST MICH ZUM LETZTEN MAL ENTTÄUSCHT, QUIN!
GAAAAAH!
YAG!

JEDER KNOCHEN IN SEINEM EXOSKE-LETT IST ZERTRÜM-MERT... ER -- ER IST *TOT*.
ER HAT SICH FÜR UNS GEOPFERT. ER HAT DIE VOLLE WUCHT DES STRAHLS MIT SEINEM KÖRPER ABGE-FANGEN.
DIESES *MISTSTÜCK!*
VEEOW!
VEEOW!

MÖGE DIE MACHT MICH LEITEN!
KA-BOOOM!
AAAAGGH!

DU BIST GERÄCHT, MEIN FREUND...
JETZT IST ZALEM DRAN!
VIELLEICHT SIND WIR ZU SPÄT! *SIEH DOCH*...
„SIE HAT DIE STATION ERREICHT!"
JETZT, SCHWESTERN... WERDE ICH MIT HILFE UNSERES *BLAUEN FREUNDES* HIER DIE KOORDINATEN NEU JUSTIEREN... SO DASS DIE ***UNENDLICHKEITS-WOGE*** DIREKT INS HERZ UNSERES FEINDES GELENKT WIRD...
CORUSCANT!

STRECK DEINE KLAUE AUS, DAMIT ICH DAS SYSTEM AKTIVIEREN KANN...
YIIEEH! YIIIEEH!
OH...? DU WEIGERST DICH MIR ZU HELFEN? SCHON IN ORDNUNG. FÜR SO EINEN FALL HABEN WIR JA DIE ELEKTRODEN IN DEINEM GEHIRN.
ZITT NYEEEEEH
SCHON BESSER. SEHR GUT. SIEHST DU? DU KANNST ALSO DOCH GEHORCHEN, WENN MAN DICH NETT BITTET.
JETZT KANN ICH ÜBERNEHMEN.
UND DA WÄREN WIR...
CORUSCANT!

DAS DING IST TOT, MYLADY.
DIE HALTEN NICHT LANGE DURCH, WAS? EGAL -- ES HAT SEINEN ZWECK ERFÜLLT.
SO, IHR JEDI-RITTER, JETZT WOLLEN WIR MAL SEHEN, WIE IHR MIT DEM ***ENDE DER UNENDLICHKEIT*** FERTIG WERDET.
ZWEIFELLOS WERDET IHR EINIGE FROMME SPRÜCHE AUF DEN LIPPEN HABEN. ICH WÜNSCHTE NUR, ICH KÖNNTE DA SEIN, UM SIE ZU HÖREN.
„ICH FÜRCHTE... DIE MACHT IST EINFACH NICHT MEHR MIT EUCH."

CORUSCANT.
ZALEM! DAS IST IHR WERK!
UNSERE WISSENSCHAFTLER SAGEN, DIE WOGE WIRD UNS IN EINER STUNDE TREFFEN. SIE WIRD DIE GESAMTE BEVÖLKERUNG UNSERES PLANETEN AUSLÖSCHEN.
WIR HABEN VERSAGT...
"...WIR HÄTTEN QUIN NIE ALLEIN SCHICKEN DÜRFEN."
DER JEDI IST MEIN GEFANGENER. ICH BITTE UM ANDOCK-ERLAUBNIS.
ERLAUBNIS ERTEILT. ABER SEI GEWARNT, UNSERE WAFFEN SIND AUF DICH GERICHTET.

ALSO, ROS LAI... IST DAS EIN *AUFRICHTIGER* SINNESWANDEL? ODER EINFACH NUR EIN RAFFINIERTER TRICK?
DENK DRAN, ICH BIN DEINE MUTTER. ICH HABE DAS WORT „VERRAT" ERFUNDEN.
NEIN, MUTTER, MIR IST JETZT KLAR, DASS BLUT WIRKLICH DICKER ALS WASSER IST, UND DIE DUNKLE SEITE RUFT MICH.
FREUT MICH ZU HÖREN. ABER... DU MUSST MICH NOCH *ÜBERZEUGEN*.
WÜRDE DICH QUINS TOD ÜBERZEUGEN?
HMM... ICH WERDE IHN VERMISSEN... ABER, *JA*. WENN ES EIN SCHMERZVOLLER TOD IST.

AAAAGH!
JA... DAS IST SEHR ÜBER-ZEUGEND.
DU BIST WIRKLICH DIE TOCHTER DEINER MUTTER.
KOMM -- LASS UNS WIEDER EINE FAMILIE SEIN.
WAS FÜR EINE FAMILIE IST DAS, DIE EINEN VATER ERMORDET?
NUN JA... UNSERE FAMILIE, MEINE LIEBE... WAS SOLL DAS?
ICH WILL GERECHTIGKEIT FÜR IHN!
GERECHTIGKEIT...? WIR GLAUBEN NICHT AN GERECHTIGKEIT. DU BIST HIER AUF DATHOMIR, DU TÖRICHTES WEIB. DU GEHÖRST NICHT ZU DIESEN JEDI, DIE GERADE IM BEGRIFF SIND AUSGE-LÖSCHT ZU WERDEN.

WAS HEISST HIER AUS-GELÖSCHT?
DANN WAR DAS ALSO EINE ILLUSION... AUSGEZEICHNET.
DAS HIER IST KEINE ILLUSION...
LEBE WOHL, MUTTER.
GAK!
UND LEBE WOHL, QUIN!
WAS?!

DAS MIT DER DUNKLEN SEITE, DIE MICH RUFT, WAR *ERNST* GEMEINT...
DIE MATRIARCHIN IST TOT. LANG LEBE DIE MATRIARCHIN!
EINS MUSS MAN DIR LASSEN, ROS. DU BIST BEEINDRUCKEND.
BEUNRUHIGT DICH DAS? JA, ICH SEHE, DASS ES DICH BEUNRUHIGT.
DAS GEFÄLLT MIR. EINE HEXE SIEHT GERN DIE FRÜCHTE IHRES VERRATS!
DAS LIEGT UNS IM BLUT, VERSTEHST DU? WIR KÖNNEN NICHT ANDERS!
DER GEIST DEINER MUTTER LEBT IN DIR WEITER, DU HEXE!

DU HAST MIR BESSER GEFALLEN, ALS DU NOCH „DER RANCOR“ WARST. DA WAR DEINE HÄSSLICHKEIT WENIGSTENS FÜR JEDEN SICHTBAR.
ACH, ERMÜDENDES JEDI-GESCHWÄTZ. ZUM GLÜCK BIN ICH DABEI, DEINEN PLANETEN AUSZULÖSCHEN!
CORUSCANT!
JA... OHNE EUCH ALLE WIRD DIE GALAXIE EIN BESSERER ORT SEIN!
DIE ENERGIE DER KWA... DURCHSTRÖMT MICH...
ICH KANN MIT MEINEM GEIST...

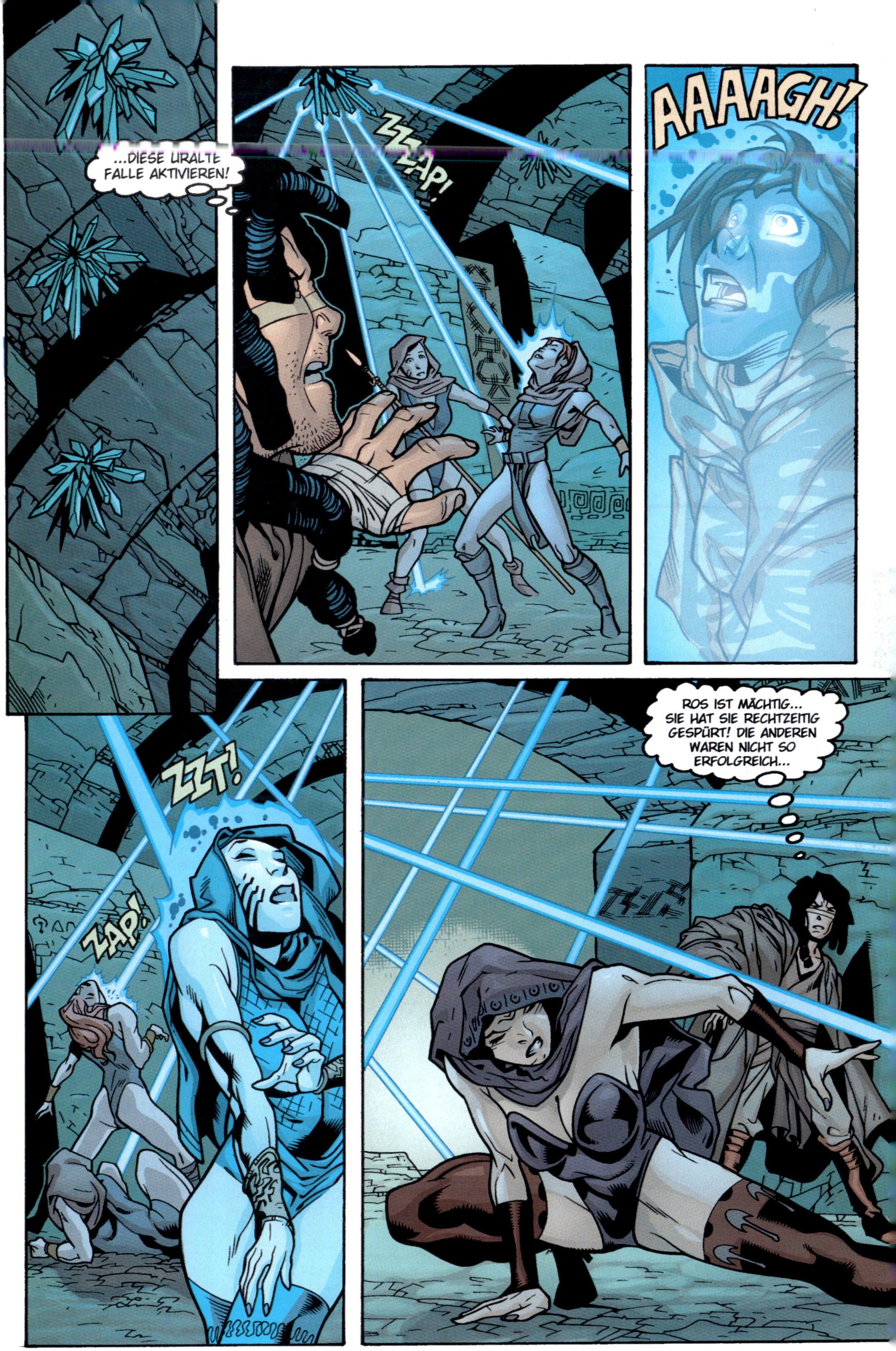
...DIESE URALTE FALLE AKTIVIEREN!
ZZZAP!
AAAAGH!
ZZT!
ZAP!
ROS IST MÄCHTIG... SIE HAT SIE RECHTZEITIG GESPÜRT! DIE ANDEREN WAREN NICHT SO ERFOLGREICH...

ABER AUCH IHR GLÜCK HAT EINMAL EIN ENDE...
ZAPT!
DU HAST MICH NUR *BETÄUBT!* *WIESO...?* WIESO HAST DU MICH NICHT GETÖTET?
SPÄTER. ICH MUSS EINEN PLANETEN RETTEN.
AM BESTEN KEHRE ICH DAS PROGRAMM *UM*...

ERKENNT MICH ALS *WÄCHTER* AN.
DIE WOGE FLUTET ZURÜCK... SIE WIRD DIESE STATION IN WENIGEN MINUTEN ZERSTÖREN...
ICH SOLLTE SCHNELL HIER VERSCHWINDEN...

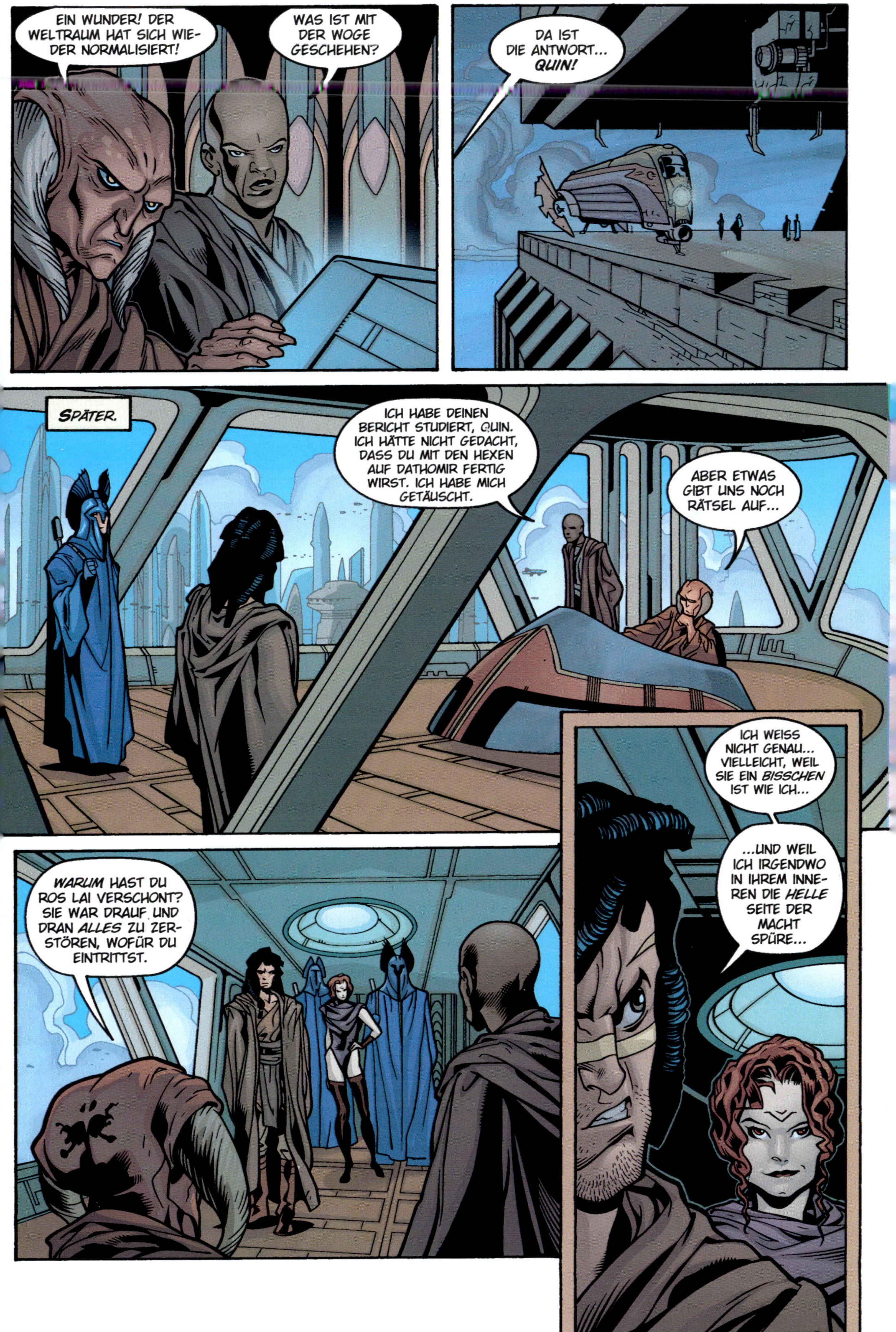
EIN WUNDER! DER WELTRAUM HAT SICH WIEDER NORMALISIERT!
WAS IST MIT DER WOGE GESCHEHEN?
DA IST DIE ANTWORT... QUIN!
SPÄTER.
ICH HABE DEINEN BERICHT STUDIERT, QUIN. ICH HÄTTE NICHT GEDACHT, DASS DU MIT DEN HEXEN AUF DATHOMIR FERTIG WIRST. ICH HABE MICH GETÄUSCHT.
ABER ETWAS GIBT UNS NOCH RÄTSEL AUF...
WARUM HAST DU ROS LAI VERSCHONT? SIE WAR DRAUF UND DRAN ALLES ZU ZERSTÖREN, WOFÜR DU EINTRITTST.
ICH WEISS NICHT GENAU... VIELLEICHT, WEIL SIE EIN BISSCHEN IST WIE ICH...
...UND WEIL ICH IRGENDWO IN IHREM INNEREN DIE HELLE SEITE DER MACHT SPÜRE...

...DIE MACHT IN UNS ALLEN.
ENDE

COVER GALLERY

1

2

3

4

US-Cover #1

US-Cover #2

US-Cover #3

US-Cover #4

COMIC-SONDERBÄNDE

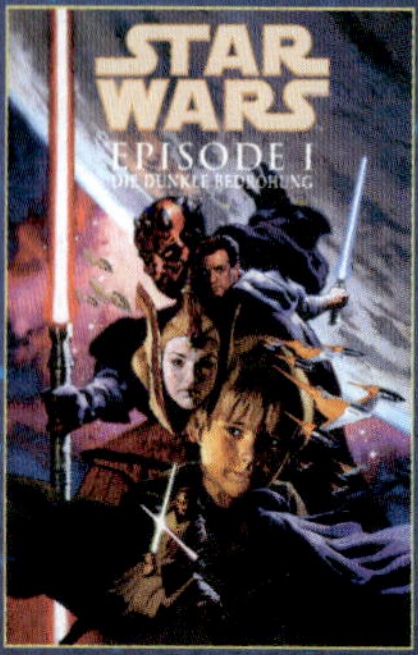

Star Wars Sonderband #1
„EPISODE I - DIE DUNKLE BEDROHUNG"
€ 8,95 · ISBN 3-89748-180-4

Star Wars Sonderband #2
„CRIMSON EMPIRE I"
€ 12,95 · ISBN 3-89748-240-1

Star Wars Sonderband #3
„UNION - DIE HOCHZEIT..."
€ 8,95 · ISBN 3-89748-256-8

Star Wars Sonderband #4
„CHEWBACCA"
€ 8,95 · ISBN 3-89748-356-4

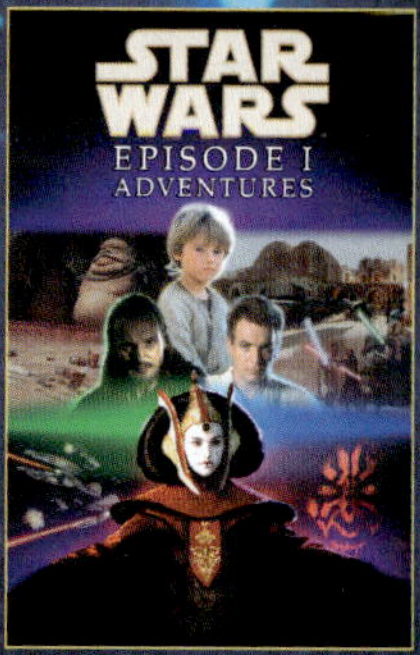

Star Wars Sonderband #5
„EPISODE I ADVENTURES"
€ 8,95 · ISBN 3-89748-357-4

Star Wars Sonderband #6
„JEDI CHRONIKEN - DIE ERLÖSUNG"
€ 9,95 · ISBN 3-89748-417-X

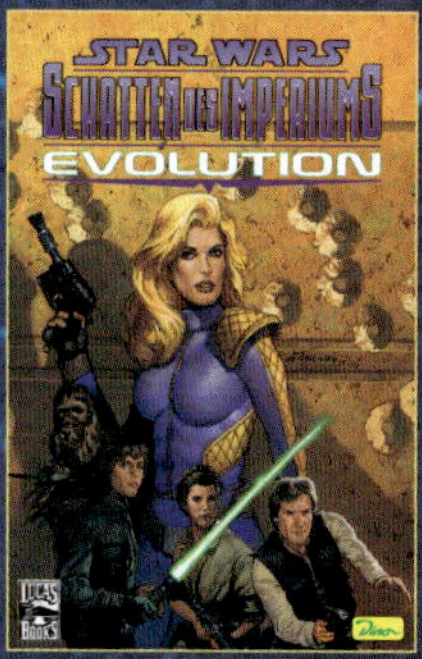

Star Wars Sonderband #7
„SCHATTEN DES IMPERIUMS - EVOLUTION"
€ 9,95 · ISBN 3-89748-418-8

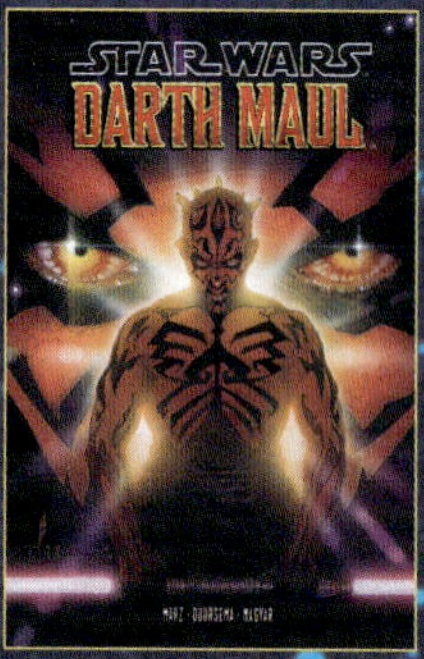

Star Wars Sonderband #8
„DARTH MAUL"
€ 8,95 · ISBN 3-89748-419-6

Star Wars Sonderband #9
„JEDI VS. SITH"
€ 12,95 · ISBN 3-89748-420-X

Star Wars Sonderband #10
„JEDI COUNCIL - AUFSTAND DER YINCHORRI"
€ 9,95 · ISBN 3-89748-670-9

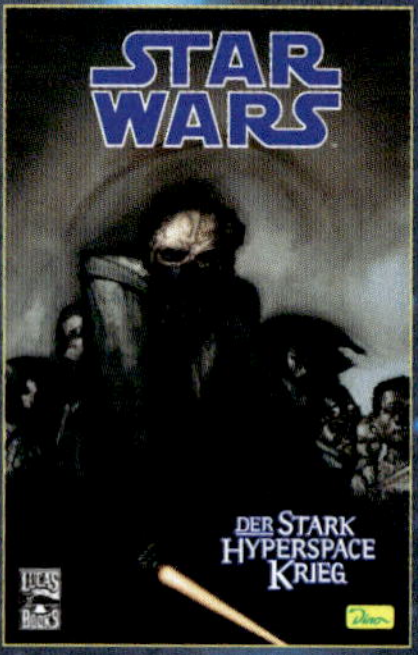

Star Wars Sonderband #11
„DER STARK HYPERSPACE KRIEG"
€ 9,95 · ISBN 3-89748-560-5

Star Wars Sonderband #12
„BOBA FETT - FEIND DES IMPERIUMS"
€ 12,95 · ISBN 3-89748-561-3

Star Wars Sonderband #13
„DAS JEDI-RITUAL"
€ 9,95 · ISBN 3-89748-721-7

Star Wars Sonderband #14
„IMPERIUM - HOCHVERRAT"
€ 9,95 · ISBN 3-89748-722-5

Star Wars Sonderband #15
„CRIMSON EMPIRE II - DAS BLUTSGERICHT"
€ 14,95 · ISBN 3-89748-723-3

Star Wars Sonderband #16
„KLONKRIEGE I - DIE VERTEIDIGUNG VON KAMINO"
€ 12,95 · ISBN 3-89748-724-1

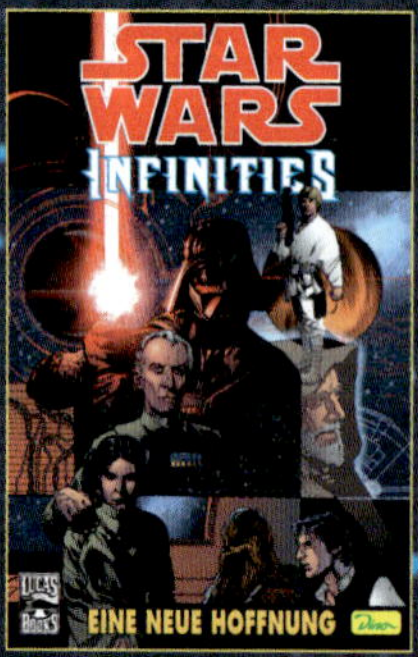

Star Wars Sonderband #17
„INFINITIES - EINE NEUE HOFFNUNG"
€ 9,95 · ISBN 3-89748-726-8

Star Wars Sonderband #18
„DARKLIGHTER"
€ 9,95 · ISBN 3-89748-725-X

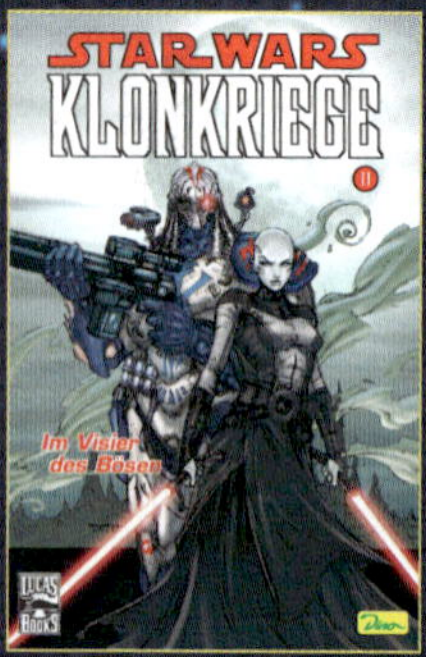

Star Wars Sonderband #19
„KLONKRIEGE II - IM VISIER DES BÖSEN"
€ 9,95 · ISBN 3-8332-1074-5

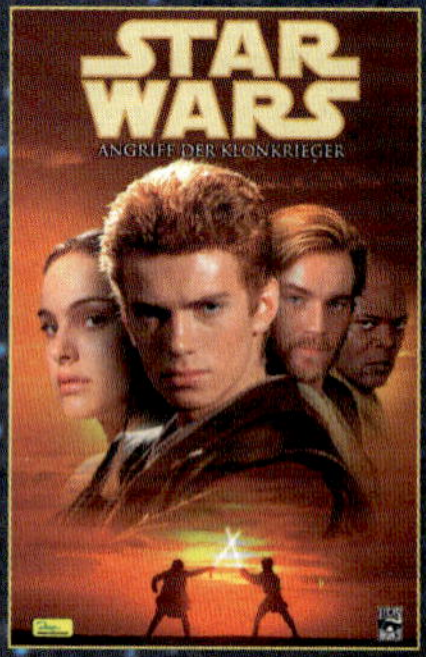

Star Wars Sonderband
„EPISODE II - ANGRIFF DER KLONKRIEGER"
€ 9,95 · ISBN 3-89748-559-1

BILDBÄNDE

The Art of *Star Wars* Episode I - Die dunkle Bedrohung
€ 39,90 · ISBN 3-89748-415-3

The Art of *Star Wars* Episode II - Angriff der Klonkrieger
€ 39,90 · ISBN 3-89748-562-1

IM BUCHHANDEL ODER ZU BESTELLEN UNTER
WWW.DINOONLINESHOP.DE